南迴

SOUTH LINE LINK

陳延禎

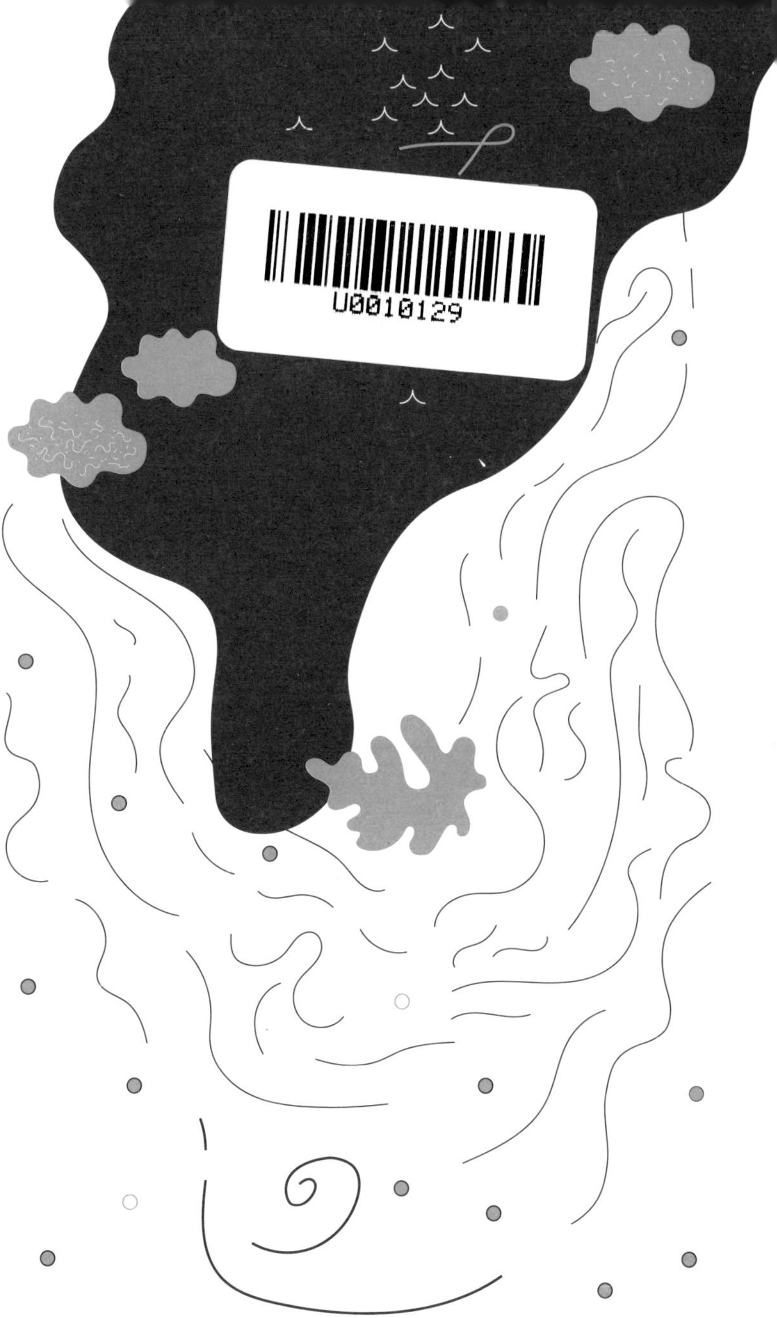

《南迴》推薦短語

南迴是陳延禎創作的祕密武器，在學院之外的鄉土中，他以黑色幽默目擊生死疲勞，情愛糾葛，歌詠即將消逝的舊時光，道盡青年在偏鄉生活的不易，面對故土衰敗的焦慮，開展出新寫實風格，值得注目。

——須文蔚（國立臺灣師範大學國文學系教授）

這應該是寫得最快樂、我們都將要最最懷念的時期：世界渾然天成，但細看卻布滿裂縫。我們曾誠心期待那些裂縫裡滲出水，或者透出光，或者如果不行，乾脆徹底碎掉也好。驚嚇我也好，刮傷我也好。

但什麼都沒有發生。世界似乎可以永遠靜止在那個時刻。讀延禎的詩集，難免要想起那時的自己而深深入迷——在錯綜複雜、毫無邏輯的裂縫之中，透過這些詩，我知道有人也同樣看見了那樣一閃即逝、卻神聖而近乎永恆的圖騰花紋。

——**林達陽**（詩人，作家）

輯一　防風林的壽命將盡

輯二　文組學生的工業風房間

輯三　牆縫的雞冠花

碎裂語詞中被拼接的主體性

張寶云

這些年來，我一直在島嶼東部的小村落等待著偶然投身到此地的文青，有時那些浪遊者身上的光芒頗令我感到目眩神迷。他們只是經過，而我只是碰巧和他們能夠對得上話。我們的交談多數從詩開始擴及到當代創作者的生命之旅，等到彼此有了信任，或許我們可以從生活再回到個體的內部，詩語言的轉變往往在各個卯榫鬆動的瞬間就會發生。我期許自己像個語言的靈療者，讓創作者有足夠的意願和熱情回返到他靈魂的現場，重新啟動自我，調校體質和語感，以便前往下一個驛站。

延禎的詩和人總使我不斷想起智利的詩人小說家羅貝托・博拉紐那本《在地球的最後幾個晚上》[1]。我看小說不常從第一頁開始看，我是隨手翻到哪一頁，就從那一頁讀下去，接著再隨手翻一頁，再讀，再隨手再翻，再讀。我相信所有好的文字在每次翻讀的時刻都會使人沉靜下來，像是一場意外的流浪，想進入文字的世界。博拉紐小說氣氛的頹廢感，和延禎周圍的那群文青極其相似，我渴望有人可以寫下東部小村落間這群浪遊者的精神性，在小說還未出現前，我以為讀延禎的詩也可以一窺端倪。

差不多和延禎前後屆的青年詩人宋尚緯、曾貴麟、曹馭博、林佑霖、鄭琬融……，他們到東華來之前的文學能力都已在一般水準之上，他們是太陽花世代嗎？他們成長於對國族、對社會、對性別議題論戰的網路公民時期，他們對詩和詩人的想像是什麼？他們如何安放自己的身體？他們如何走進他們自身的社會化歷程？他們是否足夠誠實？他們是否擁有他們這個世代的話語風格？

當延禎說他要寫一本新鄉土詩集的時候，我有些不可置信。他否決了我的各種提議，包括少女小圓詩集、偵探詩集、模型手作詩集、桌球詩集和書法詩集和直男詩集……，還有各種討好市場的詩語言策略。他說他要在第一本詩集裡表現他做為詩人的「自尊」，我盡量不動聲色地不表達出我內心的震動。

（常看延禎臉書的朋友想必和我一樣熟知他的日常充斥著○○、╳╳、△△、☆☆和貓貓。）

這樣一個宛如阿明老師口中的「現代杜牧」，說要寫一本新鄉土詩集，直承林煥彰、吳晟、向陽的詩歌使命？究竟是存心悖反現代主義以降的詩歌主流，或是自豪於台南安定鄉下人的來歷？亦或者是更複雜而潛意識的、廣泛的新世代之思？延禎試圖在他的詩國裡，還原出九〇後的社會性？

於是在〈渡我〉裡看到：「我們把疲倦當成共通的語言／然後開始研究文法／研究各種衍伸的單字、歧義／尋找萬物的真名／摘下一朵花」，那些跳接的語詞隱藏著對世界自由的觸感與想像；在〈車過東華大橋〉裡，穿透時空的障眼之術，進入事物的本質：「街燈昏暗閃爍如謊言／我小心翼翼的掀起水溝蓋／將故事馴養／故事都是穿鑿附會的／像候鳥埋伏著四季／獵人埋伏著衰老」，延禎這個世代對世界的感覺是什麼？難道是一齣未老先衰的劇本嗎？

「我插進鑰匙／發動夜晚／踩著瀝青／經過無數車尾

燈的灰塵／加滿油／我要到遠方」（〈夜遊〉），他們的動線迷離、方向飄忽；在〈安太歲〉裡的家園農舍被大水淹沒：「阿嬤一個人住／她說要把冰箱搬往高處／保護她準備給我們的肉粽」，「我想起收假月台／遠處長滿鏽的穀倉／和一地的稻穀」，農村青年是否真的能洄返故土安居？在〈南迴〉裡，延禎說道：「雨還沒停／想家的時候／就吞了一顆方糖」，「他們說燒完竹節草了／接著燒你的夢」，在〈夢裡〉，「我打翻抓滿蟋蟀的藍色水桶／像是一個島嶼／在被殖民的夢中醒來」，九〇後對未來的疑問也同時隨著詩句呼之欲出。

這不是一本勵志的詩集，在平日嬉笑怒罵的臉書文底下、在詩集即興爵士樂般的語詞滑動底下，隱藏著文青的憂傷，折射出世代的徬徨，儘管這只是文組學生群中偶然集結的一本書冊，充滿詩意味的歧義性，不容易進入詩人的內心世界，然而延禎等文青們做為九〇後世代，是否可以在上述龐然的壓抑底下，釋放出獨屬於他們的天才和活力？我相信很多人和我一樣都在看著、期待著。

愛爾蘭詩人謝默斯・悉尼在他的〈親屬〉組詩中，提及一個宏大的譬喻：「這是大地的元音／夢想是它的根／處於鮮花和雪地中，／／突變的天氣／與季節，／飄零的果木腐爛在土中。／我在這一切中成長」[2]，詩人與詩歌的生命意欲轉往何處？我也不知道；或許在〈雞冠花〉中，可以聽見一個青年清晰的獨語：「我看見一顆種子／在鷺鷥的喙也伸不進的地方／發芽，三合院的尾端／長久住著一隻螳螂／／雞冠花就是這樣長出來／他沒有鋤頭／沒有流汗／自己鑿出日子」，但願那樣的日子並不難回。

張寶云

一九七一年生，學者、詩人。文化大學中文博士畢業，師事翁文嫻、邱燮友。曾與林婉瑜合編《回家——顧城精選詩集》，出版詩集《身體狀態》、《意識生活》。任教東華大學華文文學系，開設詩創作、現當代文學等課程。

1（智利）波拉紐（Bolano.R.）著、趙德明譯，臺北：遠流出版，2014年10月。

2 轉引自《詩人與詩歌》，（美國）哈羅德·布魯姆著、張屏謹譯，624頁，南京：譯林出版社，2020年2月。

詩是一張柔軟的床墊

——讀陳延禎《南迴》

楊智傑

期待一組新的象徵，一種未知的體驗、一次語言節奏的搏動，帶領我們的寫作到達一個新的地方，只是，所有能被稱為「他方」之處，實則都已是被意義耗盡之所在，只餘前一批寫作者涉足的斧鑿與營釘，因此，誠實的旅人耗盡一生必無所獲，除了一種行將遠行的預感。

考慮到實際動身的徒勞，不如好好欣賞暫居的破落旅社，在穿衣鏡中凝視整裝好的自己。陳延禎寫「我要用進口的床墊／穿整套的睡衣／做最好的夢」（〈文組學生的工業風房間〉）或者「每日都先聞一下自己（〈不洗澡的人〉）」，滿足於此刻實際是對時間更大的不滿，或是對 W.H. 奧登「但現在就幸福吧」的證言——出於一個虛構者，對現實世界深思熟慮前的勇敢。

又像是太宰治《小丑之花》中的主人公大庭葉藏，陳延禎賦予《南迴》的敘事主體，是一帶有落難貴族氣息的文學少年，在深沉的玩笑間，以詩償付現實的巨債。詩是窮人的錦衣，只要年輕時穿過一次，就不再懼怕成為「時間」這誠實孩子眼中，裸體的國王。

雖然陳延禎寫「飛進安全帽縫隙的蛾／死在裡面／從不想想活下來的人什麼感受」（〈邊緣人筆記〉），但在種種意義上，寫作並不失敗。失敗太壯烈了，是飛蛾撲火，是就地炸裂的煙花，現實生活卻比失敗更無味無形，更猥瑣、曖昧地溶於日常的黑暗，如「天花板的水漬／蕈狀的夢／樹的心臟／不會亮的燈」（〈待辦事項〉），或者「溽熱的床有人形的沼澤」（〈防風林的壽命將盡〉）。這些關於年輕的、易感的，高度自省的片段，使《南迴》的起點充滿私小說式的現代氛圍。

或那終究是愛的懺悔與糾結？《南迴》集中頻繁出現的「髮」，來自裸背的戀人、夢中的碎花洋裝、發胖的女孩，但結局卻是卡在了流理臺（〈防風林的壽命將盡〉）、排水孔（〈忘記悲傷的方法〉），彷彿提醒讀者，在易逝的愛面前，詩歌的不適與徒勞一覽無遺，對著瓷白背景中遭遺落的髮根，自我詮釋著關於生命之記憶。

放手了自我，《南迴》的另一面，則有著隱隱的土地力量；歌仔戲班、藍色貨卡、鐵皮屋和雞冠花草皮旁的金爐，然而陳延禎並非滿足於追憶和紀實，如「我夢見輕航機／停在老家的三合院／阿公還在／他的貨車找不到地方停」（〈颱風夜〉）的超現實敘事，將實際已不在了的祖父，連同夢中的輕航機一併召回，甚至那些散落島嶼南方的小火車站名，日光下，平行穿過時間的機器：「替耕耘機／上了全新的漆／把一顆螺絲鎖回去這樣的事／就是整個下午」（〈租屋處下午〉），令人想到施耐德（Gary Snyder）的詩，愛欲與抽象的身體在粗糙的勞動中，得到安頓與平復。

然而《南迴》中最令人佇足之處，是現實與虛構間的邏輯悖反，讓可能帶有社會批判或政治語言的元件，徹底喪失其功能、功利性，從而服務於更純粹的詩歌經驗，如「戴斗笠的阿姨從更南邊的國家／嫁來淋這場雨／她用不標準的閩南語說／害啊，攏害啊……」和「我想起前年的地震／倒了些樓／路上的斑馬都躲進了瀝青」（〈安太歲〉）。陳延禎的現實主義不是奇景式的，而是以孩童般的生動雙眼，讓經驗質樸呈現，避過反射性的批判與關懷，這也使《南迴》在許多介入式的寫實作品間，得有一席之地。

《南迴》並不完美，有些表現被過度的聯想，如「我扮演一隻浣熊／洗棉花糖」（〈二〇一九・南迴〉）或過於曲折的思維跳躍如「我的毛孔因烈日／崩解成蛇蛻／卜卦，井邊的水桶／也長滿了銹」（〈防風林的壽命將盡〉）所誘，然而無損於這本詩集作為一個年輕生命的清晰文學意圖的展現，在傾向破碎化、格言化和輕量化的作品間，突出為一本值得細讀的詩集。

又想起納博可夫的第一本小說《瑪麗》中，提到「最初的創作具有把自身經歷寫進作品的强烈傾向，這與其說因為現成題材的吸引力，不如說是爲擺脫自我後，可以去輕裝從事更美好的事」。爛醉的酒友、自殺的學妹、加速在田間小路（也隨時準備犁田）的機車，面對種種落難，詩不會是救贖，但可以是一張柔軟的床墊，容納所有年輕的睡眠。

楊智傑

詩人，一九八五年生於臺北，南國孩子，人模狗樣。曾獲林榮三文學獎，優秀青年詩獎，國藝會創作及出版補助。著有詩集《深深》，《小寧》，《野狗與青空》。

序詩

二〇一九．南迴

「我們沿著河邊走到橋下
對岸是工業區，說不出的衰敗的景色……」
——羅智成〈一九七九〉

二〇一九的最後幾夜
熟悉的鼾聲
窗外最高的那棵樹代替他醒來
追酒

P在夢裡笑出聲

我想像自己模擬一座城市的呼吸
牛堆列在一起睡
工業革命時
我們用碎裂的煙躲避雲層

P的鬧鐘響了
他按掉

昨天的瑜伽墊還留有
昨天的灰燼
我扮演一隻浣熊
洗棉花糖

我很餓
雨下在冬天
我決定寫信給一九九一的冬天
我出生
南迴鐵路剛通車，復興號是農民曆上的蛇
在延伸
到東海岸埋藏我

直到二〇一九
我被挖開
我養的貓學會說話
他最喜歡用電腦看麻將直播
用貓掌搓紅中

用牌尺擺弄他的二〇一九

我記得那是一九九九
整個星系都在搖晃
像是P看過的災難片——但他不記得
儘管他出生了
我們在板塊的斷層上狂歡
他看我的書，看羅智成、吳明益、辛波絲卡……

而我早已不再買書
我的派對早在二〇〇九就
結束了
那時我剛學會寫詩

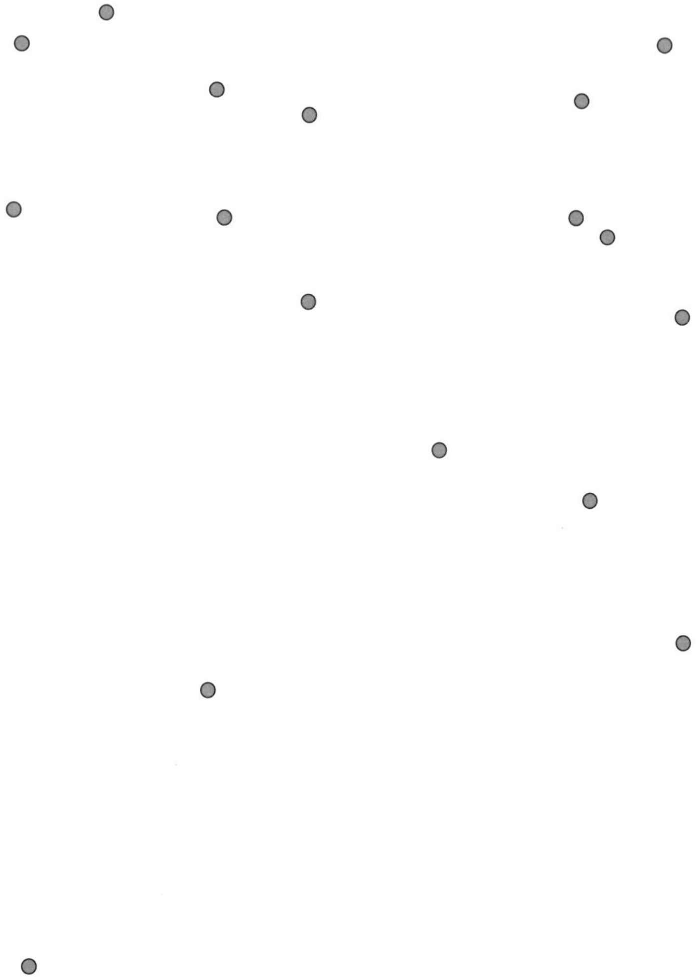

輯一

防風林的壽命將盡

防風林的壽命將盡

熱水器的聲響
流理臺的髮
狹長的夢

那是鼾聲
等到有人睡著
夜才開始

我發現這是好事
我足夠誠實

那裸背的女孩
瞬間成為我的戀人

我的毛孔因烈日
崩解成蛇蛻

卜卦，井邊的水桶
也長滿了銹

溽熱的床有人形的沼澤
防風林的壽命將盡

黑狗

一隻黑色的狗
從街的另一端來
等紅綠燈、走斑馬線
他抖下身上的雨水
像是一名智者推了推眼鏡
對我說：

要學著過馬路
要固執
相信挺立的帽簷與街燈

鍛鍊脊柱使他僵直
無畏大雨和瓦片

我也學他抖落雨水
用雙掌到遠方
脫下衣服
黑夜是我全新的四肢

謊

那年媽媽的玉鐲碎成雨水
我撞破的毛玻璃窗
摔裂的碗
都有太陽的味道

我獨自跨過分隔島回家
並排的灌木叢
住一窩貓

天黑得很徹底

我還是不想閉上眼睛
好冷
窗的眼睛瞇著

我的床單破了洞
我藏好的眼淚
都露出來

爸爸問我們
是誰弄壞了腳踏車的打氣筒
每天睡前
我都想承認

練習事項

ㄅ

所以我練習睡著
那速度
比一場夢短
比一個夏天長

ㄆ

練習被貓咬
一邊鏟貓砂
練習把手機、皮夾擺在桌緣

等牠推下

ㄇ
垃圾車的聲音傳來
我還在躲避陽光
像躲避一場雨
早餐後
努力做好分類

ㄈ
飯少吃了
飲料不可能少
在每個插吸管的瞬間
練習準確

像是做愛的瞬間

失眠的夢

所有隱晦的聯想
增殖的字
肉身的泥土

我找到一個空的保特瓶安放
他從此存在

我們裸身側臥
睡著挑戰死

簾內外都下雨
每隻蟻都抱緊卵
離開巢

毛玻璃後必定有人

仔細看
夜晚從此處蔓延

貓快步的輕鋼架
記憶的蛇襲來

大凶

你在林中招的手
跟著落葉在一天裡
最沒有光的時候溶解
肘部受的傷
直到世界末日都還未痊癒

轉身

測量好你
手背和手心的距離
想像這是一坪的沙灘
我們牽手走過

只要是請求
都好商量
套上領帶後
細數鼻翼兩側的雀斑
只要求對稱

不在意掌紋

說你的想法
和等待的時間
說我經過的
那陣風
就是一個季節

求道者

對你而言
求道者是某種想像
辯駁是某種檀香的味道
你喜歡悖反近致狂信的天體規律
勝過於喜歡我

城裡的人啊
你可知道遠方的菩提樹下
那佝僂的長者棲住，他
痴心的數著葉與葉脈

在無數的街燈中
欲證其道

小病

在潮濕悶熱的海裡
風吹過所有斷垣
當羊毛毯乾涸如沙漠
所有的溫存都會是綠洲

淚水與汗水昇騰
時間氤氳如霧
空的牛奶瓶與舒跑
順著桌緣
在落與不落間擺盪

我向著我伸出手
選擇了衰老

還我

從你開始
走進我的影子
埋進我的聲音
模仿我的動作並偷聽我的
告解，要我選一面牆
偷偷喘氣不被察覺

我選擇離開我的房間
像是離開夢
夢中的你

拿走我的姓氏
想成為我們

你會受糖果的引誘嗎
會的。你的嘴角還
有我剛說的謊
你喜歡那些謊
你還要更多

住手——
不要連我剛剛想做的夢
都搶走
只把你留給我

邊緣人筆記

ㄅ

雨季獨立
蚊蚋隨著我轉身
成為一個季節

ㄆ

把答案告訴我
把你水杯中的水分給我
把博愛座留給我

ㄇ

支持的球隊都會輸掉
而日子
就是叫你習慣這些

ㄈ

想像一場盛大的儀式
發現最格格不入的人後
才學會團體生活

ㄉ

飛進安全帽縫隙的蛾
死在裡面
從不想想活下來的人什麼感受

ㄊ

如果能在此時下起雨
太陽便可以和我一起變成
一個玩笑

ㄋ

這條街走了第三次
試著對齊每個前方路人的腳步
試著加入他們的笑容

ㄌ

眺望時就想跳
越寬闊的馬路越想往外
百貨公司的廁所和我

一樣寂寞嗎

ㄍ

身上所有的發票都給了募捐的
學生（他們身上有我的影子）
我最需要的就是他們了
：謝謝你
……你很善良

ㄎ

你在笑嗎
你們在笑嗎
為什麼你們可以笑
我卻不行

夢裡

在夢裡
我打翻抓滿蟋蟀的藍色水桶
像是一個島嶼
在被殖民的夢中醒來

不洗澡的人

好像洗淨了肉體
就會成為不了自己

軀體會給出回應
搓出肩上的汗垢
成為解藥
治癒所有言語間的隙縫

提到生活
活著也只是比

換燈泡再簡單點的事
而已。再加上洗衣
就等重

每日都先聞一下自己
在眼角餘光中
每日都成為不了自己

冬夜散步

那些夏天
走不到遠處的蝸牛
都被雨水壓裂

柏油路還半濕
眼鏡碎裂
蝸牛的殼
和霧雨起行

柏油路的火

燃成無數個季節
沒有任何灰燼轉頭

街影熄成燈蛾
經過了窗戶
雨就成為無數的眼睛

苦行

這個街口停下
求道者上船，默誦咒文和雨聲
橫渡光海，
細數窗緣的粉刺、縫進耳垂的銀
觀察掌紋
尋找菩提樹

找不到椅子時
舉著手，以頑抗的足履
潛入深一點的維度

魚族的視線
假裝有鰓
能在霾中存活，假裝提著燈籠
就成為燈塔

早衰的眼痕是無數的河口
砂石累積的路線圖，指引所有對談的要領
成為苦行者，不容置疑地解釋
眾多劫難
在季節中隱身

島的一側
無數鐵鏽構築的鏡子
苦行者成為鑰匙

從門穿越門，從芥子中尋找芥子
在無數的泥濘鋼條間
蛻成火光

待辦事項

天花板的水漬
蕈狀的夢
樹的心臟
不會亮的燈
醒來要換的衣服
記憶的蛹
流理臺遺落的髮絲
我們的愛

這是我的一種病

假裝懂
拆解肉身
直視樹和鏡子
梭巡於字
天開始亮
你說要有光

幾乎不能看見的
河口鷺鷥
居住在每個

透明的玻璃彈珠中
活著、吃蟲
爪溝成谿

成為罐子
裝進一部分
（漫出來）
掉下的雨
你要接好我
用雨水

我還是不太懂
死亡
是不是抽出脊椎

我不選擇光
這是我的一種病

文組學生的工業風房間

輯二

文組學生的工業風房間

和外露的電火線
蔓延在斑駁
水泥塊碎裂欲墜的天花板
這是我全部的日子

黑色的牆
仿舊的家具
我的衣櫃沒有門
我還年輕

我的冷氣分離在房間
和世界的一端
陽台的雨
小吃部的風
氣密窗的眼淚

燈先安好了
油漆還沒有乾
我想要種一排多肉植物
養一隻貓

我要用進口的床墊
穿整套的睡衣
做最好的夢

有河

開始探索
那些夏天的屋簷
和帽簷，是如何
泅游過一個個未知的
午後，有貓聞著魚腥味
入眠我難以入眠

鬍碴如常春藤蔓延
成為了一個新的花園
海灣是城堡，藏寶庫在二樓

像是場婚禮
我們等待捧花

當妳開始招手，當
妳的長髮緩緩過我的
耳稍，向我描述了個
咖啡味滿溢短暫假寐的旅行
視線都在遠方
那邊有河

渡我

——寫給尚未成為雀鷹法師的，弓忒島的格得

《地海戰記》：「惟黑暗，成光明；惟死亡，得再生；鷹揚虛空，燦兮明兮。」

我們把疲倦當成共通的語言
然後開始研究文法
研究各種衍伸的單字、歧義
尋找萬物的真名
摘下一朵花

你還沒醒過來
還沒從那場陌生的
儀式醒來
我情願我只是位博物學者
僅記錄萬物的生平

當信仰隨著炭灰潰散
你不為所動
我便不為你所動

你告訴我強壯有兩種
一種是被傷害
一種是被愛
那時我知道了雨真正的名字

也知道了你的

幽靈就是時間
我們都渴望成為幽靈
尋找需要道歉的人
承認不需要世界和平
我們都是戴上耳機
大聲說話的人

你知道我難過
你的眼睛成為一座廢墟
成為一個象限
遠方麋鹿的角銹成黃昏
慢慢走近

雪跡

——給乃木坂46畢業，從北海道來，習慣雪的橋本奈奈未

那時雪還沒融
頭髮還長不過一場雨
買的書都還未打開

我計算
你走進人群的步伐
和樹上的葉片是否一致
路燈變成雨林
我養著光

勤於觀察
星星與月亮的軌跡
我最在意的
你的五官間隙
有夢的六角結晶

直到某個
不被重複季節的開始
你趕路的耳環
患病的洋裝
都被擱在了舞台的角落
我們都還要長大
都還有事要忙

離群

「你們會相繼離開
好像只要攀過這個斜坡
雨就淋不到身上」
——雨從未停過

城市開始了你的節慶
不問目的地
你坐上駕駛座
開始這個節氣

只是升降台上面還留著
十多雙玻璃鞋
流下眼淚成為一種儀式
在數不盡的上衣吊牌
販賣畫中的自己
撥開瀏海
像是暫時卸下盔甲

道歉不是最好的告別方法
非關人種、膚色
交談時的手勢決定一切
鐘聲響了
有些人進教室
有些人離開，不會再回來

木工師傅的無神論

比起老師
必須稱呼他為老師

更使人乏力
像是老婆回了娘家
家裡的衣服沒人洗

再次更動
灶的方向
穿堂鎮守的虎爺呵欠

八仙帳掛好了

小孩還在長
屋主說他相信西方會有光
我相信
我也開得起他門口的車

只好面對面

——給聽不太到的Ｈ，我曾討厭和你説話

你緊盯著我的嘴唇
我還是堅持要發出聲音
像是種儀式
所有的過程都和悲傷一起變老
公主還被困在高塔

你愛喝下午茶
愛和夜光爭奪最後一塊餅乾

未曾蒙面的對白
我們像是小說家
縝密建構待會的數分鐘

熟讀你的每一件洋裝
它們都有心情
自夜色斑駁後
時間就是語言
愛也可以被翻譯
像是杯緣氤氳的霧氣
和不曾下雨的雨季

（額邊青草蔓延
出現了一整個花園）

終於換你對我張口
用略帶悲傷的口吻
我們拯救世界
隨時隨地都有電話亭

等你回台灣

等待是時差
橫跨彼此的睡眠

你從海的一邊揮揮手
影子便跟著鬧鐘走
像是人魚浮出水面唱歌
水手的煙圈盤旋
跟著足印會到甲板
我被拉進水裡

關於麵包
我們爭論了半個地球
我想起一首詩，叫做
那些細節都走了
遠方沒有麋鹿
「啤酒倒是很多」

慕尼黑不黑呢？
像是儀式的起頭，你敘述
生活的暗語
發霉的麵包、腸胃藥
再一次下了飛機
我們的空氣終於是同一種顏色的
你約而未踐
約而未踐

忘記悲傷的方法

——讀史岱凡・奥德紀《雲的理論》

我的國度始終颳風
我是其中一株植物
做著數不清的夢與運動
欲望是不為人知的咒語
我用羅馬拼音記憶
每一場霧的哀傷
排水孔被毛髮塞住像是
季節也跟著凝滯

鼓聲不停，螺旋槳切開我像是
切開整個海平面
孢子蔓延到每一戶人家的床上
燒灼了長髮與精心的妝
肉體散落如拼圖

失語

連話都說不清楚時候
墜落的雨
黑夜起了毛球
邊上的枝椏
不成熟的城邦政治
最溫馴的小獸退化
忘了語言

鴿子

——他得了眼翳病在廣場只是站著，充滿紅銹的眼瞇著似乎在看我，似乎睡著

眼比氣旋更不安於現狀
和左翼攤販的霓虹燈相望
鏽跡從歲月的毛孔中傾瀉
剛好掩蓋強健的腳踝
對街黑狗用有
變電箱那麼大的嘴巴
——打招呼

逃開的羽毛散落在各個季節
無法留下地址

「房子蓋在海上，
註定一生漂泊。」
他首先選擇的是帆
以決然的右眼
看著湖裡的自己
相信他的眼窩
更適合安居
不必擔心迷路
不必害怕獵人的網

就像碼頭都會有的善良海鷗

他們交換故鄉的報紙
學習彼此的鄉音
忽略受磁的指南針
儘管找不到路
也不曾想過要回家

（假設玻璃窗
都在期待碎裂的命運
假設每場夢的目的
都是為了叫醒睡著的人
想家的人
也只是想休息……）
鼓聲比燈塔的光
傳得更遠

淚水讓眼睛生鏽
捕狗大隊來過不久
衰老的腿邁不出更大的步伐
他盤坐，想說故事
關於旅行與纏腳的釣線
關於沒有頭的銅像、房租與
自己的晚年照護
突然回神
他的病房中想要有窗簾和花束

該怎麼到達遠方
鴿子放棄了
他想至少至少再

躲避一場暴雨

從這條石板路的指縫醒來
鏽越來越安靜
爬滿世界上唯一的路燈
他發現再也看不到的那隻黑狗
拎著袋水果來看他
他以為自己還在夢裡
還沒有出門

隧居

我在房裡建了一個隧道
連接夢境、菸頭與貨櫃屋

和妒意商討歸處
確認距離
毀壞的床頭櫃
塞下的是身體的哪個部分
該戴什麼材質的手套
才能平安

硬幣散灑在木紋地坂
發票和罰單等同於完整的一日
把我的時間埋好
成為丘陵地
不要顧慮鐘
待微波的即時咖哩包
窘迫的聽著鐘擺

房間的衣物
成為主宰
口音像是雨
洗石子牆變成監房
蛾從天花板的一角來
暫居在偉人傳記的頭像上

想成為一個句子
想眨眼睛
我和我的貓一起睡著

我跟我的貓一起睡著

我跟著我的貓一起睡著
試著忘掉昨天的夢

夢裡垃圾車不會停
我最愛的
女孩開始變胖
早餐是兩顆太陽蛋
一盆沙拉
她不會愛我，我愛她

我跟我的貓一起睡著
通常不會一起醒

我最愛的女孩出現
夢裡，我考上跟她一樣的學校
去了灣邊還亂丟垃圾
貓舌頭帶刺
跟鬼針草一樣
跟她一樣

我的貓咬我
空的飼料盆，灑出來的貓砂

我趕著回夢裡

她剛剛出現
穿我最喜歡的碎花洋裝
等著火車，而天亮
我就會忘記她的髮香

我的貓爬上書櫃
打翻相框，吵醒我

我要去見愛我的那個女孩
我去道歉
我忘記她的生日
弄丟她的信
夢裡的人不是她

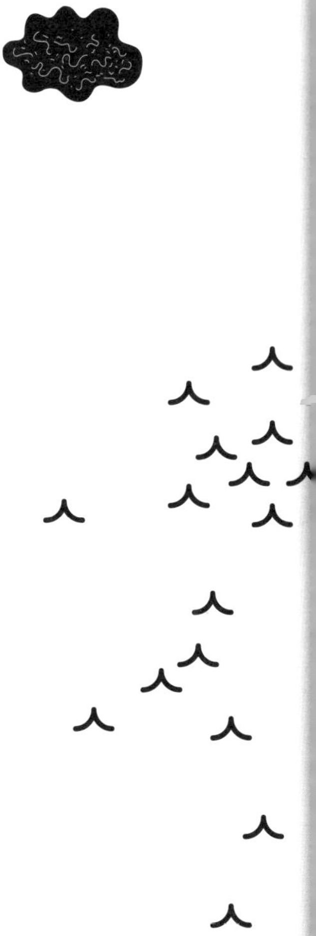

牆縫的雞冠花

輯三

車過東華大橋

走了多久的路
才發現砂石製成了夢境
和整面海的回音
盡頭是一家便利商店
街燈昏暗閃爍如謊言
我小心翼翼的掀起水溝蓋
將故事馴養
故事都是穿鑿附會的
像候鳥埋伏著四季
獵人埋伏著衰老

漸漸會開始會發現
最安靜的時候有蜂鳴聲
在步行與正坐　在側臥與平躺間
聽見寒冷的關門聲
等待著更好的睡眠狀態
當百葉窗停止了晃動
我在游離的囈語間彷彿
聽見五官對話的聲音

雙黃線會在最適宜的情況下
切割出月亮與月亮推進的軌跡
風停的時候
就是世界靜止的時候
我牽著你外套鬆脫的線頭

向你坦白語言間隙縫

我的確是在模仿
我告訴自己此處有愛
我錯置文法與星星的位置
在最短暫的瞬間曝曬在霧裡
「請把水龍頭栓緊
這樣時間會過得更慢
天會暖　油漆會剝落
雨會停」

當你開始相信我的時候
我開始懷疑自己
開始發現簡單和困難其實並不相對

發現肉身臆測的節氣
在最狂喜與狂悲的時刻
發現穿過隧道的窗台最遠處
閃電忽略的死角
風和灰塵堆積在每一個
貨櫃屋大小的夢境

誰來晚餐

每戶人家的燈都亮時
山就會把輕航機還給我們
讓整個夏天的聲響
都和蟬一起
走進黑夜

每個瓜棚下
都會有的菸灰缸
有情節發芽
長成我們需要的故事

不要睡著了
不要弄丟雨衣

房東的貓走進廚房
他剛走屋頂下班
叼著老鼠
面色疲憊卻瞥見昨日
沒栓緊的水龍頭
空的碗
灑落一地的乾糧

故事必然從那輛最陽春的
藍色貨車開始
少雨的牧場

草也乾癟

那頭有著美麗雙角的母牛
忍著陣陣的痛
用眼淚灌溉腳邊的泥土
她要給將出生的孩子
一大片草原

嶄新的頭蓋骨、疲軟的骨盆
無法和解的
開始摩擦
這些類似碗的存在
是為了到井邊
裝取與時間搏鬥

遺留的鐵鏽

像是戒指
受困無名指
氣衰的牛犢
也被困在乾涸的產道中
歪著頭掙扎
做著長大的夢

碩大的眼窩
還來不及穿上環的鼻子
都被裝進了碗裡
我們雙手合十

牆上的漆和蟬
都蛻去夏天
蛙聲和空調的排水聲
交雜成的晚上
雨剛開始下

今天的晚餐
牠們剛剛看到彼此
今天的晚餐
讓母子團圓

半筋半肉

那天阿姨笑著說
鄰居的公牛硬上家裡的母牛
還懷孕了

我抗議
這是傳統父權社會的霸凌
捍衛母牛權
人人有責

阿姨夾走我紅燒牛肉麵

半筋半肉的那塊說
不然不要吃

淨灘

在我們熟知的海岸線
日與夜的交接
像場不會結束的古老婚禮
我們不交談
確實地走向了黃昏
碎酒瓶扎傷腳
琉璃色的血、透明的骨頭
夕陽和雨學著如何不被它傷害
小蟹夾起菸蒂
丟到垃圾桶

找不到的便利商店
我滿腳的沙

耕耘機的下午

替耕耘機
上了全新的漆
把一顆螺絲鎖回去這樣的事
就是整個下午

海線

窗外的海零碎
雨和花崗岩並行
偶爾砸落日子與日子間
微小尚待察覺的碎片
穿越眾多的黑
就是山脈了

訓練自己睡著
夢裡我側躺在山的稜線上
不發一語

光影各自占據我的半身
直到雨點拍醒我

夢的縫隙和山對稱
火車駛過水平線
駛過換日線
穿越時區像是跨過沙嶺
與整座島的背脊

直到我抵達
離開這狹窄的國度
跟上候鳥的腳步
只要向前
夢就可以繼續

房東的貓

我的房東養了三隻貓，珍珠、肥肥和齊勒斯。

ㄅ

他敲門
不為房租與
牆角的空酒瓶
樓梯有草
和蒐集來的壁虎尾巴

他習慣推翻階級

如推倒我的
相框、行李箱與書

他送了一隻老鼠給我
他說要養我
他睡在我旁邊
搶我棉被
並負責我的三餐

ㄆ

我去上課
肥肥在睡覺
我寫作業
肥肥在睡覺

下雨了要收衣服
肥肥在睡覺
肥肥睡醒了
去找齊勒斯打架
肥肥打輸
肥肥睡覺

ㄇ

……查無此貓。

不要離開晚上

請把頭髮留長
紮成辮子
讓它成為指針
引我穿過亂石陣
撐著傘到你身側

請離開階梯
留下苔痕的鞋印
把地圖攤平
連我的夢一起攤平

我駐紮此地
將你踢散的松針歸位
好像你從未經過
好像還沒有這個晚上

夜遊

我插進鑰匙
發動夜晚
踩著瀝青
經過無數車尾燈的灰塵
加滿油
我要到遠方

比較每盞路燈
比較白蟻出沒的每個季節
——風吹過

我以為我的貓會突然出現
並打翻水杯

小心馬匹
告示牌的影子模糊
我想起忘記帶的水壺裡
有阿嬤煮的青草茶

大霧穿過我
頭髮又掉了幾根
我離明天越來越近
離家更遠

颱風夜

木窗聒噪晃動
雨從那時開始下
我想起每個颱風來的晚上
水淹進客廳
我才睡著

我夢見輕航機
停在老家的三合院
阿公還在
他的貨車找不到地方停

雷聲中有我去年在海邊
大喊的回音
我終於學會打麻將
學會抽菸
爸還沒有回家

我把寫著名字的考卷
藏進狗屋
只要再多藏幾張
就可以離開家
可是牠永遠都在

我知道找到工作後
就無法作夢了

我的口臭越來越嚴重而
夢中的女孩
還會不會等我呢

我猜愛就是這樣

阿嬤煮的
有很多雞脖子的湯
是世界上最好喝的湯

新來的野貓看我
眼睛瞇成線
他也想吃
他應該不會挑食

我爸媽都愛我

把所有的肉都給我
我猜愛就是這樣

直到我發現
昨天爬進水缸的飯匙倩消失
和廚餘桶的蛇皮

引我

——七月正午途經台南啟聰學校

那天你拿了維他命給我
請我活下去
種植會開花的植物
我數著乾涸河床的皺褶
和你的裙角
數著遠方走近的山羊
雨聲是個全新的概念

觸碰的感覺
嘴比光的聲音更真實
「光也有聲音？」
今晚是能看見星星的夜晚
今晚開始聽到彼此碎語
開始真正成為兩個人

統一視角、對齊腳步
看著現在在看的文字像是
看著鍊金術鍊成了我們
舟緣青苔成塊的碎落
犄角和眼垢成為新的
肉身後，想著
誰在岸上，誰在舟上

語言經過除魅後
成為一種對抗時間的手段
我們需要問題
但不需要答案
像是把全世界的眼睛
都當成自己的泳池
吸足了空氣就能浮在上頭

當我選擇和你對話
選擇了一種羸弱的手勢
選擇在最熱的時候躲在影子裡
想像自己是瘦的
披上了整身黑就假裝已沒有太陽
假裝自己就是晚上

雞冠花

「有一天就在那裡了
我也沒管他」
阿嬤一邊說
一邊煮青草茶

就像我在這裡
偶爾罰跪
對著牆小便
樹也不曾管我

雨下在大葉欖仁的葉上
我在牆縫
找明天作業的答案

我看見一顆種子
在鷺鷥的喙也伸不進的地方
發芽，三合院的尾端
長久住著一隻螳螂

雞冠花就是這樣長出來
他沒有鋤頭
沒有流汗
自己鑿出日子

舊的牛舍有蜂窩
褐色的鐵鏽
牛的淚斑
紅磚牆沒有屋頂

有一天他就在那裡
沒有人管他
螞蟻也只是路過
他的雙手一張
就是整個世界的黃昏

安太歲

穿越車陣與雕石柱
瓦片下的大霧
妳習於日晒的黝黑側臉看我
有鳳，棲住在那眼窩

從跪著到起身
眾生喧嘩，妳沉默
一如妳的名字，默娘
而我不能沉默
我有好多話想說

昨晚的雨像末日
淹壞阿嬤的電動車
領養來的黑狗也學會游泳
我的早餐還有沒吃
阿嬤一個人住
她說要把冰箱搬往高處
保護她準備給我們的肉粽

涉水經過的柏油路
側邊有桂花林
和幾個漏水的蜂箱
戴斗笠的阿姨從更南邊的國家
嫁來淋這場雨
她用不標準的閩南語說

害啊，攏害啊……

爸爸的電話接不完
他剛投資魚塭
他要在平地養海水魚
給我們最好的營養
妳認識那些魚嗎？畢竟妳
這麼的喜歡海

我想起前年的地震
倒了些樓
路上的斑馬都躲進了瀝青
家裡的豬牛依然安睡
像是在告訴我們

沒事，一切都會平安

關於未來，我多做了幾個夢
差點錯過早操
我受傷的肩膀開始痊癒
準備要找工作
想養隻貓
我想起收假月台
遠處長滿鏽的穀倉
和一地的稻殼

丟歪的陀螺在石板路上發芽
慢慢長成行道樹
我跟著經過的臭青母、鬼針草

離開——不要擔心
雨很快就停了
我也很快就回來

日曆

總是害怕風
關上窗戶
沙子和掉鍊的腳踏車
並行的影子

阿嬤家的日曆
有土的味道
據說筆比鋤頭還重
我都舉不起來

跪這裡
當我踢壞第無數次的門板
地上長滿碎石子
淚水比汗水多
他這麼說

記得我們的手機號碼
生辰八字
記得所有的雨所有的晴

撕掉的日曆都
墊了桌子
照片越來越多
晚餐越煮越少

領養來的黑色土狗開始寫詩
用很簡單的字
很簡單的樹
很簡單的
描述走失的一生

需要天花板的世界

手心模糊的老者盤坐
地下道的入口
膝前的鐵盒都生根
扎進花磁磚的一生
雨後，他用易碎的四肢
取消了所有的往事
取消了黃昏

城市僅剩的鴿子在旁
固執的眼，死去的恆星

積水映出枯萎的翅膀
無法擦去的淚水
他習慣低頭
做著有一整片防風林的夢

他們會是朋友嗎
他們都認識消波塊
遇過善良的海鷗
害怕黑色的狗
他們閱讀故鄉昨日的報紙
嘲笑彼此的鄉音

又是一夜密談
他們討論了好久終於

有了共識：
他的病房中想要有窗簾和花束

比起長椅
車站前的地下街更適合居住
不必付房租
不必擔心迷路
只要睡覺時有天花板
剩下的夢裡都有

政客的宣傳車駛過
高級公寓的大型廣告看牌
一邊廣播：
「努力落實

老人福利政策
健保補助、公共住宅……」

廢廟

只要放學我都能看見
那還沒上漆的柱子
翹起來的屋簷
木頭太貴
紅毛土和不夠虔誠的鋼筋
雪藏了整座廟宇的筋骨

當時大家早已離開了土壤
路燈還太少
未來比螢火蟲更亮

六合彩和互助會
經濟正好

習慣成長的圍牆插滿碎玻璃
多刺的青春
熟透的土芒果
水牛走在嶄新的斑馬線上
書包越來越重
老母雞的蛋越下越少

小貨車都是藍色的
載著歌仔戲班
或明天要用的竹材
掩蓋不住的羊糞味飄來

塑膠不可燃
講不聽的老者
最喜歡檳榔西施的香水味

老起來放的鐵皮屋
新的農民曆
雨下得大
據說不夠的香灰和信仰
大人的事
讓黃昏都失神

學校總是更遠
我在鞭炮響前回家
發現長著雞冠花的草皮旁

多修了一個金爐
只是工人偷偷飼養的孔雀
再也不曾開屏

大雨

大路無車
雨聲從遠方逼近
這城市
再也沒有送傘的人

南迴

我守在第一滴雨落下
所有睡著的人都等待被喚醒的季節

躺在床上時
發現再溫軟的小夜燈都比不上
隔壁房客的咳嗽聲
他的貓定居在雨後的長廊
而他被貓趕進了房間

在夢裡

調整椅背直到最舒服的鼾聲出現
完美的旅程
自無人的車廂
家族式散亂的開始

最好吃的陽春麵
正巧開在每個家的旁邊
即便換了招牌、口味
即便老闆的女兒
嫁了別人

雨還沒停
想家的時候
就吞了一顆方糖

整條街那麼大的黑狗
在郵局與我相望
紅著眼眶
無法傾訴他的悲傷

這個世界上
會有火車到不了的遠方嗎
如果有的話
就踩著天鵝船去吧

他們說燒完竹節草了
接著燒你的夢

「那次你阿嬤煮地瓜飯

我直接給她一耳刮
又不是沒賺錢給她買米」
爺爺曾經討厭的外省人女婿
每年都會來看他
拒絕不了

甘蔗田的月亮
和中央山脈重疊
我再也
找不到更好的飲料店
可以投資了

沒有人的鷹架
丟歪的陀螺

工人的菸，都旋轉
兩頭起火的獅子
跳進了漩渦
再也沒有回來

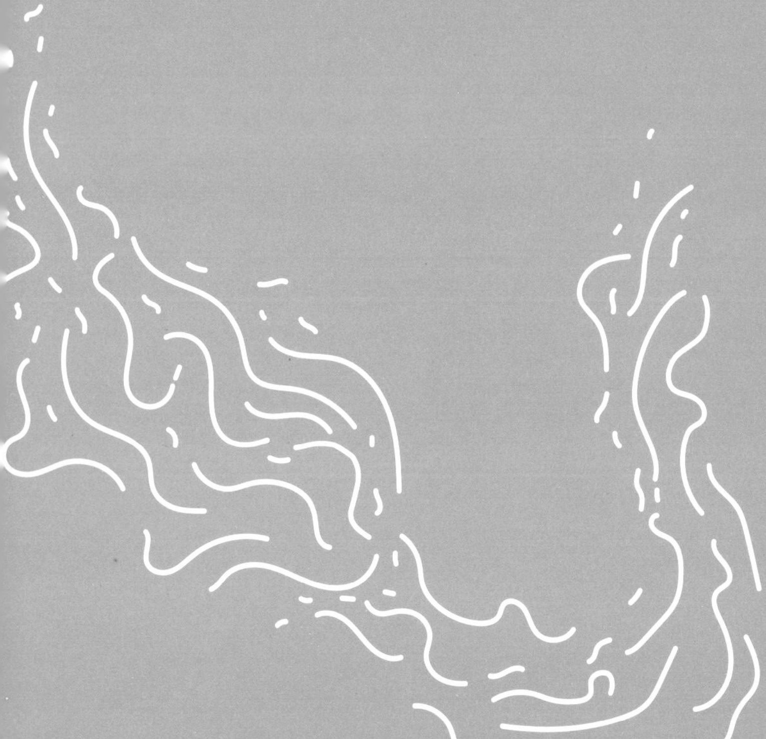

後記：鏽

洗澡時一尾飯匙倩從洩水溝滑進來看我，只是看我。

如果可以選擇的話，曾經，我是主動向著孤獨靠攏，學著獨立生存，花著生活費吃著日本料理，打工買下自己喜歡的手表。對門房客的女友很可愛，是聽障，她跟我要了電話，總是打給我，咿咿啞啞的找我幫她開公寓大樓的鐵門，我猜是怕男友覺得煩。深夜，到飲水機的路上，在他們門前放慢腳步，我想聽聽他們做愛的聲音，我好奇他們的性愛、他們的儀式。我想把那房客的球鞋從七樓房間的窗戶往外丟，站在椅子上往窗外小便，向右一點，風吹來會剛好淋在上面，淋在水泥地上，暈開後就像是鏽跡蔓延。

大學朋友慶生都在富貴園，富貴園是家 KTV，有很多小姐陪我們唱歌喝酒玩遊戲，她們說的話，都有南邊的風，我不知道她們來自哪裡，有怎樣的故事？只是把事先換好的百元鈔票，在她們喝完酒、唱完歌或是磨蹭完我們的下體後，拚命地塞進她們的乳溝、內衣肩帶或是內褲褲頭。然後拚命的喝，最常玩的遊戲是划拳，輸的人要一口氣幹掉一罐台啤，一定要到有人發酒瘋或抓兔子，這場遊戲才會告一段落。醉死的人被抬上車載回家，沒醉死的搖搖晃晃的騎著機車，沿著田間小路回宿舍，時不時有人摔進田裡或水溝，一身汙泥或鼻青臉腫的來上課。

系籃隊長騎檔車，那時覺得檔車好帥，是介於塑膠機車和汽車間的交通工具，把什麼妹有車先贏一半。考到駕照時我跟爸說我也要一台檔車，他說他年輕的時候塑膠車比較時髦，現在怎麼反了？我說這是old school啦，給不給買一句話啦。然後，我就去打工賺錢買了我的二手小機車。騎檔車的學長在我大三那年，因為酒駕，在無人的大路自摔，骨頭磨擦燒焦，心臟裝上支架，像是機車的側柱頂住整台機車一樣，支撐住他往後的整個人生，他新換的排氣管，是白鐵做的，長不了鏽。

我好愛一部動畫，叫做《魔法少女小圓》，從來沒有任何一個敘事作品，沒有任何一部電影、小說或任何一首詩能像她一樣地瓦解我。曉美焰穿越無數次的時間迴旋、經歷無限的輪迴，從怯生生的少女變得冷酷決絕，只為了救上小圓——她唯一的朋友。直到小圓知道了這些事後，對她說出：「謝謝妳，妳是我最棒的朋友。」我被鑿穿，我像玩具被搶走的孩子般痛哭，我不想寫作了，我這輩子都無法更感動了。

我的手指我的腳踝都在陽光的照射下生鏽，褐色的鏽是鐵鏽、綠色的鏽是銅鏽，肉體的鏽是什麼顏色？我要晒著太陽，等到顏色出現，把那些鏽的愛寫下來，把它們對我、對日子的愛通通都寫下來，我要寫在司令台的旗杆座上，那裡充滿了鏽，跟我的身體和眼睛一樣。

我跟自己說：「你的人生才多長？能改變你的東西這麼的多？你喜歡她卻支支吾吾的說不出來由？抛出宿命論，無限的詭辯後驚覺，你不是奧德修斯，你是海妖啊。」

高中加入校刊社，當時的導師得知後，跟全班說：「加入社團要量力而為，要有自知之明啊。」我好想跟老師說，全校誰能寫得比我好？但我不行，他教的科目我沒有及格過。

一位學妹在校車上寫信給我，問我文學、問我寫作，那時她還是完整的，上好了油，一點生鏽的痕跡都沒有。漸漸變熟，偶爾通通電話，她信任我、崇拜我，但我只是個志得意滿卻差點考不上大學的高中生。大學一年級，我修了二十二個學分，一科都沒有及格的全都被當掉。接著看到學妹上了新聞，她在住家附近的圖書館頂樓上吊，我想著她跟我借的，已經絕版的詩集。

二手機車的尾燈是一顆愛心，煞車時有一閃一閃的愛心。我帶著剛寫好的詩、這顆愛心和剛買的桃紅色行動電源要到鄰近的縣市。校刊社的指導老師調到那裡，她說她喜歡我的詩，她是最西方的觀世音，帶著檀香味和不整齊的牙齒，她會安慰我，說我這樣尿尿沒有問題，說監視器都是壞軌，說鄉音都是老家的風……。

衛星定位導航帶我經過一座墓園，土上壓的黃紙有些飄到了路邊，我閃避它們像是閃避死亡，我碾碎幾隻蝸牛也帶來一點死亡。謝謝這些死亡，我和導航的語音小姐對話：

「妳確定妳知道路嗎？」

「請繼續直行。」

「妳討厭我嗎？」

「請繼續直行。」

「那你還愛我嗎？還會有人愛我嗎？」

南迴之外

也許彩虹不消失

那些愛我的人
和剛開始愛我的人
我該如何向你們坦承我的愛
鬧鐘隔著門響了整個早上
你動也不動的回想　那歪斜的
時間是如何吞噬著我們
對話已經掠過所有的細節
到了數里外的森林

我們的愛是那麼深邃

阿信唱著：「一個上帝怎麼能抵擋
一萬種的貪欲。」
神會傾聽所有的禱告嗎
會給我們鑽石嗎
我們是女巫　身上堆滿柴火
同伴們都被迫上了愚人船
我們的願望是被重複使用的意象
是不斷重生的彩虹
穿過葉縫的光影都各自消失
沙發上的貓打了個盹
若無其事的繼續看著新聞

而我們的愛是這麼自然
自然到我以為我已經死去
疲倦占領了整座城市
我的房間停止了呼吸
散落整個天花板的啤酒瓶
未收盡的衣服
還有我們一同走過的凱達格蘭大道
我們一同做的海報
我們做過的
愛　證明我們只有性器不能吻合
但我們可以擁吻
可以忘卻所有被聖經指控的名目
生活如影隨行

我們每天都練習著演說
像是活在虛構的劇院
渴望不存在的觀眾
木製的面具都長出了新芽
只要祈雨的儀式不間斷
世界就不會毀滅
甚至沒有人知曉這一切該如何延續
這些哀傷該如何制定
祢在上頭說著罪
我在下頭數著羊

二〇二〇後山文學年度新人獎、出版緣起

以文學新人之姿 漫步後山

本館自二〇一四年起開始辦理後山文學獎，歷經六年的努力，著實展現出屬於這片土地美好的文學精神。為使後山優秀文學創作者，一圓出版自創作品專輯之夢，去年（二〇一九）增加「後山文學年度新人獎」徵文活動，獎勵後山優秀文學創作者出版作品專輯，透過不同文類形式，來表現心中美麗的文學風景。後山文學已成為一個刻印在人們心中的文學品牌，讓廣大且具有潛力的文學創作者們，藉由出版平臺行銷於通路，同時透過文學作品與世界各地的讀者們，進行更多的在地文化脈絡連結，此乃辦理本活動之最大目的！

今年第二屆「後山文學年度新人獎」能夠順利付梓，要特別感謝吳鈞堯、郝譽翔、葉日松、廖鴻基、蕭水順等五位評審委員的辛勞書審。獲得獎項計有張昕雅——小說《食肉目的謠唱》、陳延禎——新詩《南迴》及周牛莒光——小說《倪墨(Nima)，誰的》，共計三件作品。《食肉目的謠唱》作品遊走在現實跟非現實之間，並具有當代流行的元素，內容豐沛值得提攜。《南迴》新詩輯，其中詩句的拼接撞擊，可感受到創作者具有無限發展潛力，內容與生活契合。《倪墨(Nima)，誰的》小說輯，則以精神科從業人員的觀點切入主軸。

此三名獲獎新秀為後山文學獎開創新的扉頁，參賽者們將於這片土地上，所感知到的生活體驗，幻化為躍然紙上的文學姿態，實為殊榮可賀。三名獲獎新秀，持續為後山文學年度新人獎向前邁進。徵文活動自起跑以來，受到各界熱烈響應，同時在文化部、交通部觀光局東部海岸國家風景區管理處，以及花東縱谷國家風景區管理處之挹注經費下，以推動後山文學承先啟後之成效。

獲獎新秀們藉由此獎項，使其在此平台揮灑出讓人驚艷的文學新風景，成就最磅礡輝煌的生命篇章。不但展現屬於花東豐富多元的書寫風貌，更灌注文學蛻變的生命力，建構文學新時代的面貌。期待這些優秀創作深入日常生活脈動與場域，持續為後山文學留下精采動人的章節，共同型塑後山最美、最迷人的文學特色。

國立臺東生活美學館　館長　李吉崇

國家圖書館出版品預行編目（CIP）資料

南迴 / 陳延禎著. -- 初版. -- 新北市：雙囍出版,
2020.09　196面；13×19公分. --（雙囍文學；2）
ISBN 978-986-98388-4-9(平裝)
863.51　109010641

雙囍文學 02

南迴

作者　陳延禎
主編　廖祿存
裝幀設計　朱疋

社長　郭重興
發行人兼出版總監　曾大福
出版　雙囍出版／遠足文化事業股份有限公司
地址　231 新北市新店區民權路 108-2 號 9 樓
電話　02-22181417
傳真　02-22188057
Email　service@bookrep.com.tw
郵撥帳號　19504465
客服專線　0800-221-029
網址　http://www.bookrep.com.tw
法律顧問　華洋法律事務所　蘇文生律師
印製　成陽印刷股份有限公司
初版 1 刷　2020 年 9 月
定價　新臺幣 330 元

本書獲得國藝會創作補助
本書獲得國藝會出版補助
財團法人
國家文化藝術基金會
National Culture and Arts Foundation
NCAF

後山文學獎
2020
Houshan Literature Award
散文・新詩・小品文
本書為第二屆「後山文學年度新人獎」得獎作品
指導單位　文化部
主辦單位　國立臺東生活美學館
合辦單位　交通部觀光局東部海岸國家風景區管理處
　　　　　交通部觀光局花東縱谷國家風景區管理處
執行單位　埴紡藝術有限公司